LLYFRAU

PopoDianco

Robin Kingsland

Addasiad Dylan Williams

Gwasg Gwynedd

LLYFRAU LLOERIG

Y Crocodeil Anferthol, addas. Emily Huws (Cymdeithas Lyfrau Ceredigion Cyf.)
Ble mae Modryb Magi? addas. Alwena Williams (Gwasg Gomer)
'Chi'n bril, bòs!' addas. Glenys Howells (Gwasg Gomer)
Dreigiau Bach Drwg, addas. Gwenno Hywyn (Gwasg Gomer)
Merch y Brenin Braw, addas. Ieuan Griffith (Gwasg Gomer)
Newid Mân, Newid Mawr, addas. Dylan Williams (Gwasg Gomer)
Pwy sy'n ferch glyfar, 'te? addas. Siân Lewis (Gwasg Gomer)
Crenshiau Mêl am Byth? addas. Dylan Williams (Gwasg Gwynedd)
Dyfal Donc, addas. Emily Huws (Gwasg Gwynedd)
'Dyma fi — Nanw!' addas. Marion Eames (Gwasg Gwynedd)
Peiriannau Nina, addas. Siân Lewis (Gwasg Gwynedd)
Sianco, addas. Angharad Dafis (Gwasg Gwynedd)
Syniad Gwich? addas. Jini Owen a Brenda Wyn Jones (Gwasg Gwynedd)
Codi Bwganod, addas. Ieuan Griffith (Gwasg Gomer)
Y Fisgeden Fawr, addas. Nansi Pritchard (Gwasg Gomer)
Moi Mops, addas. Eirlys Jones (Gwasg Gomer)
Parti'r Mochyn Bach, addas. Urien Wiliam (Gwasg Gomer)
Pws Pwdin yn Cael Hwyl! addas. Gwenno Hywyn (Cyhoeddiadau Mei)
Dannedd Dodi Tad-cu, Martin Morgan (Cymdeithas Lyfrau Ceredigion Cyf.)
Smalwod, addas. Gwynne Williams (Gwasg Cambria)
Dannodd Babadrac, Irm Chilton (Gwasg Gomer)
Pws Pwdin a'i Ffrindiau, addas. Gwenno Hywyn (Cyhoeddiadau Mei)
Tad-cu yn Colli ei Ben, Martin Morgan (Cymdeithas Lyfrau Ceredigion Cyf.)
Teulu Bach Tŷ'r Ysbryd, addas. Delyth George (Cyhoeddiadau Mei)
Cemlyn a'r Gremlyn, addas. Jini Owen a Brenda Wyn Jones (Cyhoeddiadau Mei)
Nainosor, addas. Gwawr Maelor (Gwasg Gwynedd)

Panel Golygyddol:
Meinir Pierce Jones, Emily Huws, Hywel James

Cyhoeddwyd gyntaf gan A & C Black (Publishers) Ltd.,
35 Bedford Row, Llundain WC1R 4JH

Teitl gwreiddiol: *The Fizziness Business*

ISBN gwreiddiol: 0 7136 3244 5

Argraffiad Cymraeg Cyntaf: 1993
Ail-argraffiad Cymraeg: 1998

Cyhoeddwyd dan gynllun comisiynu'r Cyngor Llyfrau Cymraeg.
Dymuna'r cyhoeddwyr gydnabod cymorth Adrannau'r Cyngor Llyfrau Cymraeg.

ISBN 0 86074 093 5

Cyhoeddwyd ac argraffwyd gan
Wasg Gwynedd, Caernarfon, Gwynedd.

Y Bennod Gyntaf

Roedd carcharor rhif 45863, hynny yw, Oswald Bingly, wrth ei waith yng nghegin y carchar. Roedd y swyddogion yn fodlon efo Oswald. O'r diwedd roedd o wedi dechrau derbyn trefn y carchar.

Ond wyddai'r swyddogion ddim am feddyliau cudd Oswald . . .

Yn y cyfamser . . .

Yr ochr bellaf i'r carchar, roedd cyd-garcharor Oswald, Eic Huw, yn edrych yn amheus ac yn gyfrwys wrth iddo bwytho bagiau post. Ond wyddai'r swyddogion ddim bod Eic Huw yn meddwl am . . .

Ddim.

Affliw o ddim o gwbl.

Roedd celloedd ei ymennydd yn hollol wag.

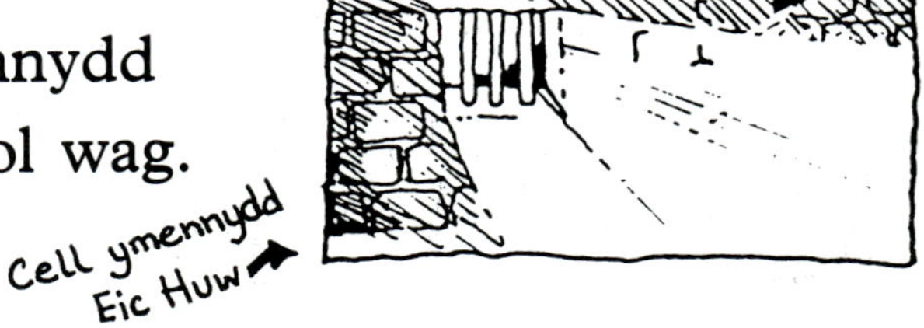

Ond dyna ni, un felly oedd Eic Huw.

Yr Ail Bennod

Wedi cyrraedd yn ôl i'w gell y noson honno, roedd meddwl Oswald yn dal i droi. Mae bod yn ddihiryn o fri yn golygu llawer o feddwl. Roedd Oswald byth a beunydd yn dyfeisio cynllwyn neu gynllun, tric neu dwyll. A phan nad oedd yn gwneud hynny byddai'n meddwl meddyliau cas — er mwyn ymarfer.

Ond y tro hwn, roedd Oswald Bingly yn meddwl am

DDIANC!

Hwn fyddai'r ail dro i Oswald ac Eic geisio dianc. Weithiodd y cynnig cyntaf ddim. Ond dyna ni, mam Eic Huw ddyfeisiodd y cynnig hwnnw.

Roedd Mami wedi gyrru cacen 'i'w hogiau'. Wedi eu cuddio y tu mewn i'r gacen roedd:

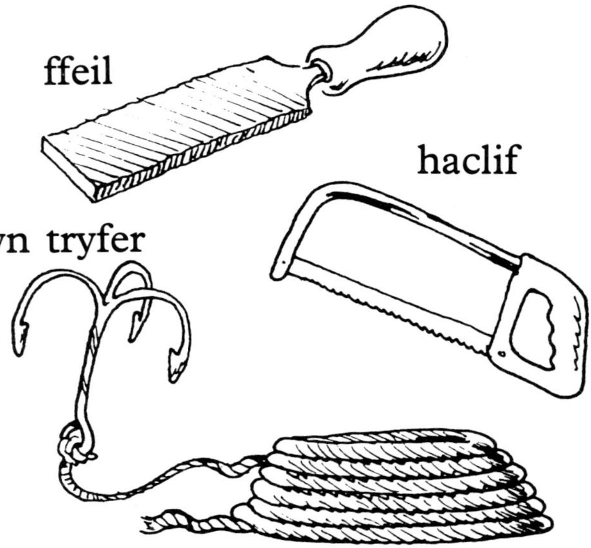

Yr union bethau sydd eu hangen i ddianc o garchar.

Ond doedd mam Eic Huw
erioed wedi gwneud cacen o'r
blaen, ac fe aeth hi dros ben
llestri braidd.
Rhoddodd farsipán arni.
Rhoddodd beli bach arian arni.
Ac fe roddodd neges mewn eisin arni:

Bwytaodd y swyddogion y gacen.

Chafodd Oswald nac Eic ddim gadael eu cell am bythefnos.

A byth er helynt y gacen bu Oswald yn ceisio dyfeisio cynllun arall. Byddai Eic Huw yn cael syniadau bob dydd, ond gan amlaf roedden nhw naill ai yn drwsgwl, yn anymarferol, neu'r ddau. Un o'r rhai salaf oedd:

Wrth weithio ar y bagiau post y dyfeisiodd Eic y cynllun hwn. Byddai'n dwyn nodwydd, yn ei smyglo i'w gell. Yna . . .

CYNLLUN
Bachu nydwif
1
2 Crafu fforf drwy llawf efo nydwif

gan Eic Huw
3 Clofio twnnel
swyfog
4 Taflu nydwif
bun sbwriel
RHYFID

Dangosodd Eic ei gynllun i Oswald.

'Fe ddilynwn i fy nghynllun i,' meddai Oswald. Syllodd Eic yn hurt. Peth hawdd iawn iddo.

'Wyddwn i ddim bod gynnoch chi un, bòs,' meddai Eic.

'Does gynna i 'run eto,' meddai Oswald, 'ond mi fydd. Ac mi fydd ganwaith gwell na dy syniad di!'

A gwir y gair. Meddyliodd Oswald am gynllun uchelgeisiol a dieflig.

Y Drydedd Bennod

Yng nghegin y carchar roedd Oswald wedi bod yn paratoi dwy rysáit arbennig iawn:

Cwstard oedd yr un gyntaf.

Roedd Cwstard Mwstard Oswald yn ffiaidd, ond yn bwysicach na hynny, roedd i'r cwstard groen mor wydn fel nad oedd bwyell dyn cryfaf y carchar ⇨

yn gwneud dim . . .

. . . ond bownsio oddi arno!

Rysáit am ddiod oedd y llall:

Y ddwy rysáit yma fyddai arfau Oswald yn hanes y Dianc Mawr.

Am dri diwrnod smyglodd Oswald groen y Cwstard Mwstard i'w gell. Ac am nosweithiau yng ngolau cannwyll dlawd —

bu Eic yn pwytho'r crwyn ynghyd.

Yna, fe ddaeth y diwrnod bythgofiadwy.

Y Bedwaredd Bennod

Yn ystod cyfnod ei ymarfer corff y penderfynodd Oswald ddianc.

Pe byddai'r swyddogion wedi bod yn fwy effro, hwyrach y bydden nhw wedi sylwi bod un o'r carcharorion yn 'clincian' rhyw fymryn . . .

. . . ac un arall yn edrych yn dewach nag arfer.

Cyn gynted ag y trodd y swyddogion eu cefnau estynnodd Eic Huw y clytwaith crwyn y bu'n ei guddio o dan ei siaced. Mewn chwinciad roedd Oswald wedi taflu potel o PopoDianco i mewn i'r sach . . .

Dechreuodd y croen cwstard chwyddo...

a chwyddo . . .

a chwyddo.

Yn araf ac yn ansicr cododd y shandri grwyn i'r awyr, gan fynd â'r ddau garcharor i'w chanlyn. I fyny

. . . ac i fyny . . .

Seiniodd y clychau larwm, rhedodd y swyddogion, ond

roedd hi

wedi

canu

arnyn nhw.

Allai'r swyddogion wneud dim ond gwylio wrth i Oswald Bingly ac Eic Huw hedfan yn urddasol dros y wal tuag at ryddid.

Y Bumed Bennod

Aeth y ddau i ganlyn y gwynt am beth amser.

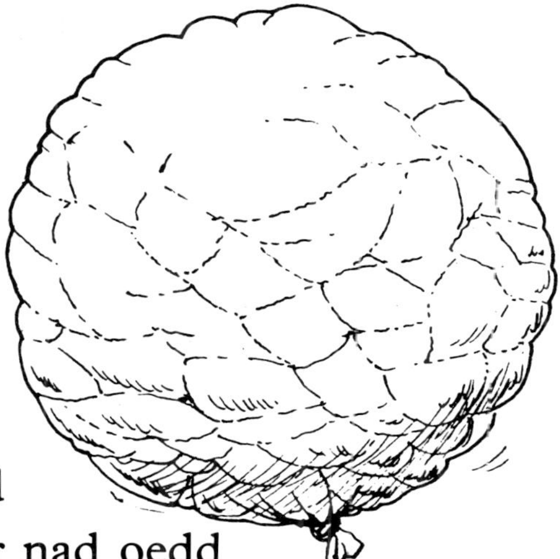

Yna, pan oedd Oswald yn sicr nad oedd neb yn eu dilyn,

EIC HUUUUU
-Ffff-
Rrrrr-
ffff-ffff-
!

…UWWWW!
…th th th
ffrrrr
brrrr
CLEC!
?

Aeth y ddau ddihiryn ati i chwilio am rywle i guddio. Dechreuodd y ddau baratoi cuddfan — neu o leiaf, dyna wnaeth Eic . . .

Wedi cyfnod caled o wylio Eic a darllen y papur, bloeddiodd Oswald:

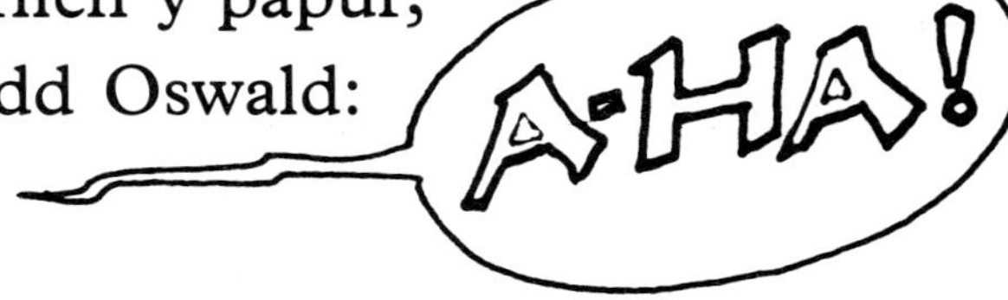

Sboncïodd Oswald o'i wely
crog gan chwifio'r papur
newydd.

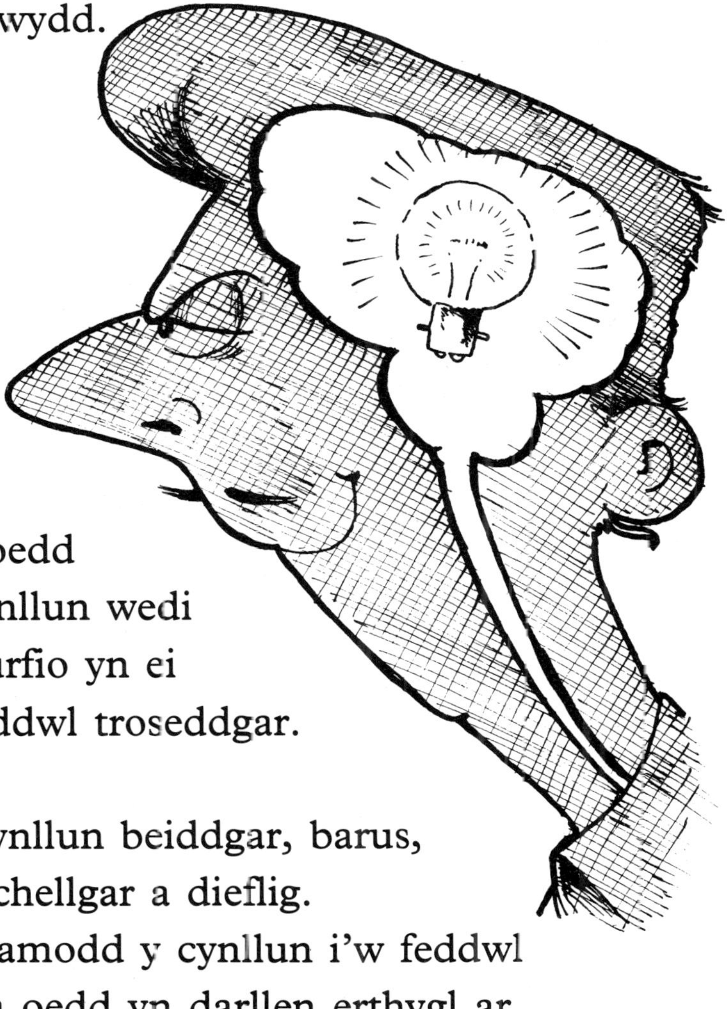

Roedd
cynllun wedi
ffurfio yn ei
feddwl troseddgar.

Cynllun beiddgar, barus,
dichellgar a dieflig.
Llamodd y cynllun i'w feddwl
tra oedd yn darllen erthygl ar
dudalen 14 o'r papur
newydd.

GWELD UFO

Mae dynes leol o dan law y meddyg heddiw ar ôl iddi fynnu ei bod wedi gweld UFO.

"Roedd o'n fawr ac yn grwn," meddai Mrs Siân D. Fang. "Lliw cwstard oedd o, ac roedd 'na ddau ofodwr yn hongian o'r gwaelod. Roedd un yn hir ac yn denau, a'r llall yn grwn ac yn hyll."

Dywedodd llefarydd ar ran y teulu bod Mrs Siân D. Fang wedi bod o dan lawer o bwysau yn ddiweddar.

Mrs Siân D.Fang

Dywedodd llefarydd ar ran Fan-hyn Fan-draw, y cwmni llogi faniau, "Rydych chi wedi ffonio'r rhif anghywir. Drws nesa mae'r ddynes UFO yn byw."

DIHANGFA RYFEDDOL

Roedd swyddogion y carchar wedi rhyfeddu pan lwyddodd dau garcharor i ddianc ddoe.

Dywedodd y swyddog Cai De Rws, "Rydw i'n rhyfeddu." Ategodd cyd-weithiwr yn nes ymlaen, "Finna hefyd."

GEMAU BRENHINOL YN SYMUD!

Cyhoeddodd llefarydd ar ran Tŵr Llundain, cartref Gemau Brenhinol Lloegr, bod y gemau am gael eu cadw o lygaid y cyhoedd am gyfnod.

Fel rheol mae'r Gemau i'w gweld yn ystafell isaf y Tŵr, ond gan fod gwaith adnewyddu draeniau i'w wneud, rhaid eu symud i rywle arall.

Aeth y llefarydd yn ei flaen i ddweud, "Dydw i ddim am ddweud wrthych chi lle maen nhw'n cael eu cadw rŵan nag ydw rhag ofn i rywun eu dwyn. Ha! Ha!"

'Eic Huw!' meddai Oswald.
'Rydan ni'n dau am wneud yr
un MAWR.
Rydan ni am ddwyn y
GEMAU
BRENHINOL!'

Meddyliodd Eic
Huw am eiliad.
'Beth? Dwyn
gêm o polo?'

'Nace'r nerco!' brathodd Oswald.
'Nid g-ê-ê-mau ond gemau!
Trysor y Frenhines!'

Eglurodd Oswald y cynllun i Eic Huw.
Ond roedd o'n gynllun hir a
chymhleth, a ddeallodd Eic fawr
ohono fo. A dweud y gwir ddeallodd
Eic *ddim* ohono fo. Ond myn
'gemau' roedd o'n swnio'n dda.

‘Wrth gwrs,’ meddai Oswald,
‘mi fydd angen cymorth arnon ni.’

'Dyna pam rydw i am yrru am:

Roedd Eic yn adnabod llawer o ddihirod.

Ond chlywodd Eic erioed am Vernon y Frân.

'Pam maen nhw'n ei alw fo'n Vernon y Frân?' gofynnodd Eic Huw.

Am fod ganddo gôt ddu fel y frân?
Na!
Ai am fod ganddo fo wallt fel y frân?
Na!
Ai am ei fod o'n bwyta llawer o All Brân?
Na!

YNA PAM MAEN NHW'N EI ALW FO'N VERNON Y Bali FRÂN?

'Am mai Vernon ydi ei enw fo . . .

ac am ei fod o'n frân!'

Chymerodd Eic Huw ddim at Vernon y Frân o'r cychwyn cyntaf. Yn un peth doedd ganddo fo ddim i'w ddweud wrth rywbeth oedd yn byw ar glwyd, yn bwyta mwydod ond eto oedd ddeg gwaith clyfrach na fo. Ond roedd mwy iddi na hynny. Roedd Vernon y Frân yn ddigywilydd, yn flêr ac yn drewi braidd. Roedd o'n ddigon tebyg i Eic, mewn gwirionedd.

Ond roedd Vernon y Frân yn rhan allweddol o gynllun Oswald.

Os ewch chi i Dŵr Llundain, mae un peth yn amlwg iawn i bawb.

Mae 'na

gigfrain

ym mhobman.

Fyddai neb yn sylwi ar un gigfran ychwanegol — hyd yn oed petasai honno'n ysbïo trwy ffenestri ac yn cymryd nodiadau.

Yr unig broblem oedd mai brân oedd Vernon **nid** cigfran.
Dim problem i Oswald, wrth gwrs!

Y Chwechded Bennod

Roedd Oswald wedi bod yn astudio brain a chigfrain, ac roedd wedi sylwi ar ddau wahaniaeth mawr.

1. Mae cigfrain yn gwrtais.

Os bydd brân yn gweld mwydyn, dyma sy'n digwydd:

Os bydd cigfran yn gweld mwydyn, dyma sy'n digwydd:

Sy'n dod â ni at yr ail wahaniaeth mawr.

2. Mae cigfrain yn deneuach na brain

Sawl mwydyn sydd **eisiau** cael ei fwyta gan gigfran?

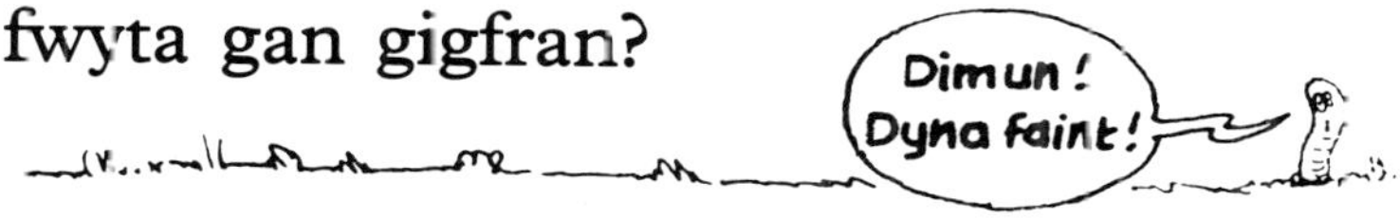

Felly, cyn y gallai Oswald yrru Vernon i ffwrdd i ysbïo, bu'n rhaid iddo dreulio dyddiau yn dysgu siarad yn grand.

A chan ei fod yn dewach na'r frân arferol, bu'n rhaid iddo wisgo staes.

O'r diwedd, wedi wythnosau o waith, trodd Vernon y Frân yn . . .

Hedfanodd Vernon
i ffwrdd

i Dŵr Llundain

i ysbïo . . .

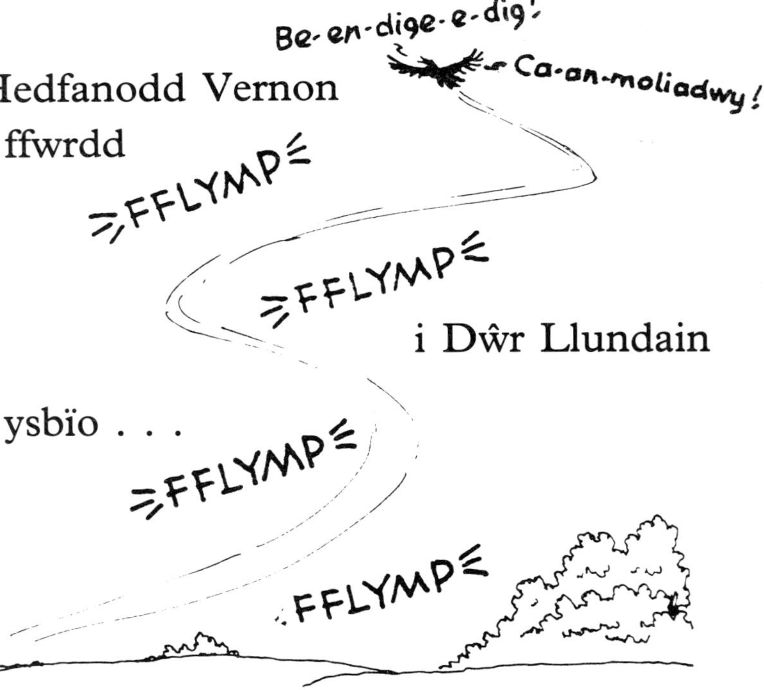

Yn y cyfamser roedd Eic Huw ac Oswald yn ymbaratoi.

Y Seithfed Bennod

Roedd y diwrnod mawr yn nesáu, ac roedd Eic yn gweithio hynny fedrai i lunio'r dillad newydd. Doedd o ddim yn dda iawn wrth y gwaith.

O'r diwedd, fe ddaeth popeth yn barod mewn pryd. Nid Eic ac Oswald oedden nhw mwyach ond …

Drannoeth ymunodd y ddau yn y ciw y tu allan i

Yr Wythfed Bennod

Crwydrodd 'Oswaline' ac 'Ike U' rownd y Tŵr. Edrychai'r ddau fel twristiaid Americanaidd cyffredin — ond doedd neb wedi gweld y tu mewn i fag llaw Oswaline.

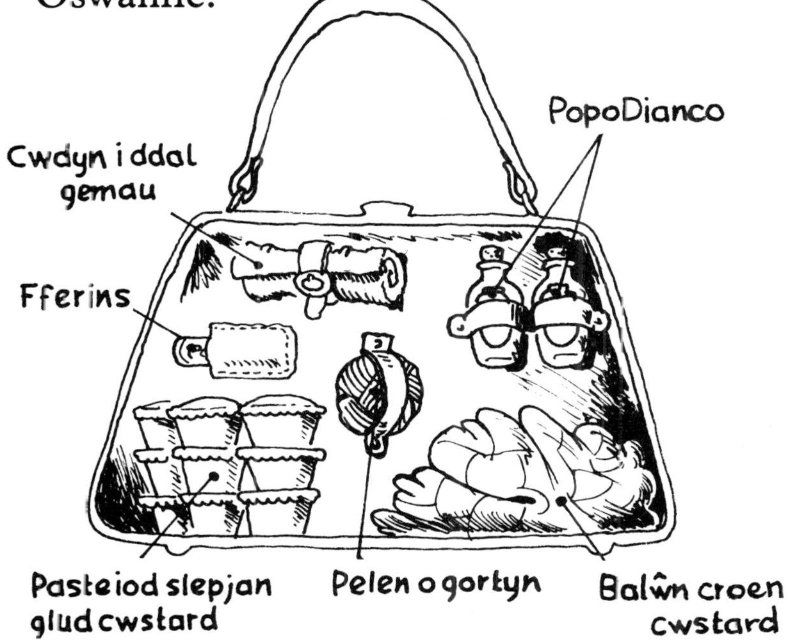

I mewn ac allan o'r stafelloedd â nhw gan esgus cymryd diddordeb ym mhob dim. Yna, fe ddaethon nhw i stafell y gemau.

Roedd tamaid o bapur ar y drws.

Bu bron i Eic Huw wywo o dan edrychiad Oswald. 'Eic,' meddai Oswald, 'pan fyddan ni'n gyfoethog mi bryna i frên i ti.'

Yna edrychodd Oswald am un o'r gwarchodwyr Beefeater enwog.

A phwy oedd yn dod rownd y gornel ond un o'r Beefeaters enwocaf un, Algy. Cyffyrddodd Oswald Algy ar ei ysgwydd, ac mewn acen Americanaidd erchyll, meddai,

Ochneidiodd Oswald yn ddwfn ac yna dechreuodd GRIO.

Aeth y llefain
ymlaen ac
ymlaen
ac ymlaen.

Pe byddai Oswald yn cystadlu am dlws 'y celwyddgi mwyaf cyfrwys' byddai wedi ennill yn hawdd.

Ceisiodd Algy, y Beefeater, droi clust fyddar, ond roedd y ddynes Oswaline ’ma yn codi

Roedd perfformiad Oswald mor dda fel y dechreuodd Eic Huw grio. A bu'n rhaid i Algy, hyd yn oed, chwythu ei drwyn.

O'r diwedd toddodd calon Algy, druan. 'Wel,' ochneidiodd, 'wneith un cip bach sydyn ddrwg i neb, am wn i.'

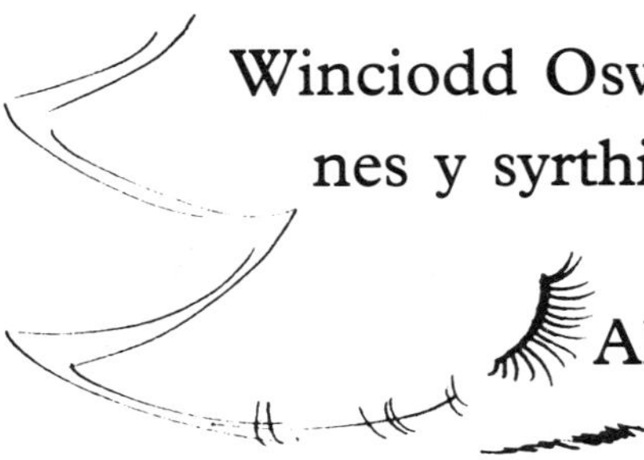

Winciodd Oswald mor galed ar Eic nes y syrthiodd un o'i amrannau ffals ar lawr. Algy, y gŵr bonheddig, a'i cododd hi iddo.

'Dilynwch fi, Madam,' meddai, 'a dim mwy o ddagrau, os gwelwch yn dda.'

Arweiniodd
Algy, y
Beefeater,
y criw bach
od ar hyd
y coridor,
i fyny'r grisiau,
ar hyd y pasej
a thrwy
ddrws pren
isel
nes
cyrraedd
grisiau
tro
serth.

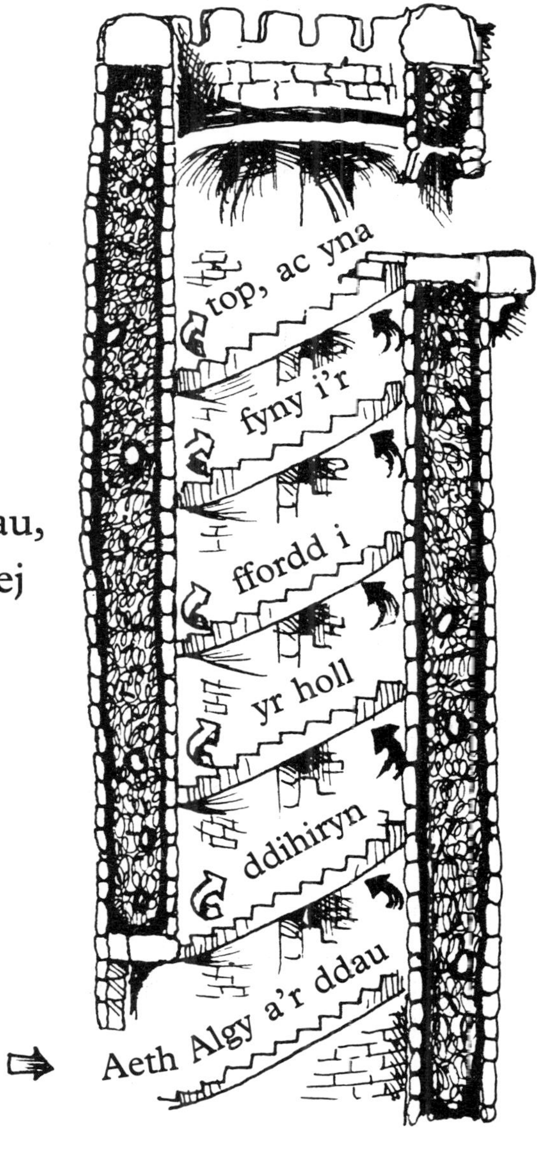

agorodd Algy'r drws, a dyna lle'r oedden nhw! Glafoeriodd Oswald ac Eic wrth edrych ar werth miliynau o bunnau o emau serennog, sgleiniog, godidog, gwych, sbinci-sbanci.

'Barod, Eic?' sibrydodd Oswald.

A dechreuodd Oswald ar ail ran ei gynllun.

Ac fe lewygodd . . .
yn ddramatig.

Rhuthrodd Algy i helpu. Ond yn sydyn llamodd Oswald ar ei draed. Roedd ei ddwylo'n llawn o Slepjan Glud Cwstard.

Wedi hynny digwyddodd popeth yn gyflym iawn.

Tra clymai Eic Algy, aeth Oswald at y ffenest a chwibanu.

Suodd Vernon y Frân o'r awyr a chymryd ei le y tu allan i'r drws. Y fo oedd y gwyliwr.

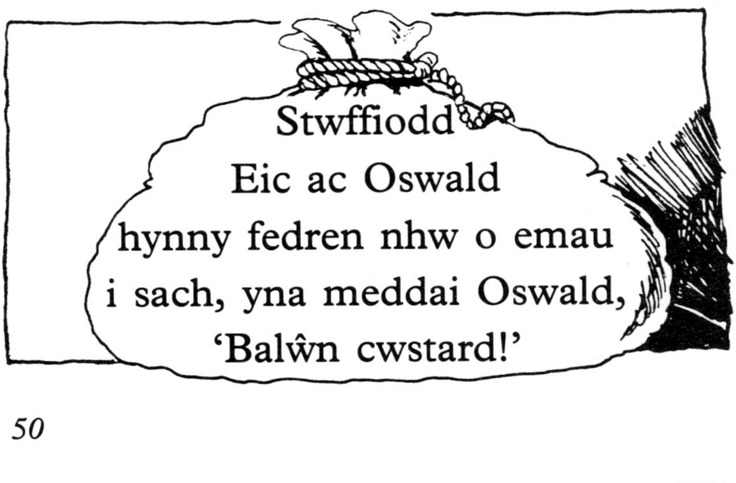

Stwffiodd Eic ac Oswald hynny fedren nhw o emau i sach, yna meddai Oswald, 'Balŵn cwstard!'

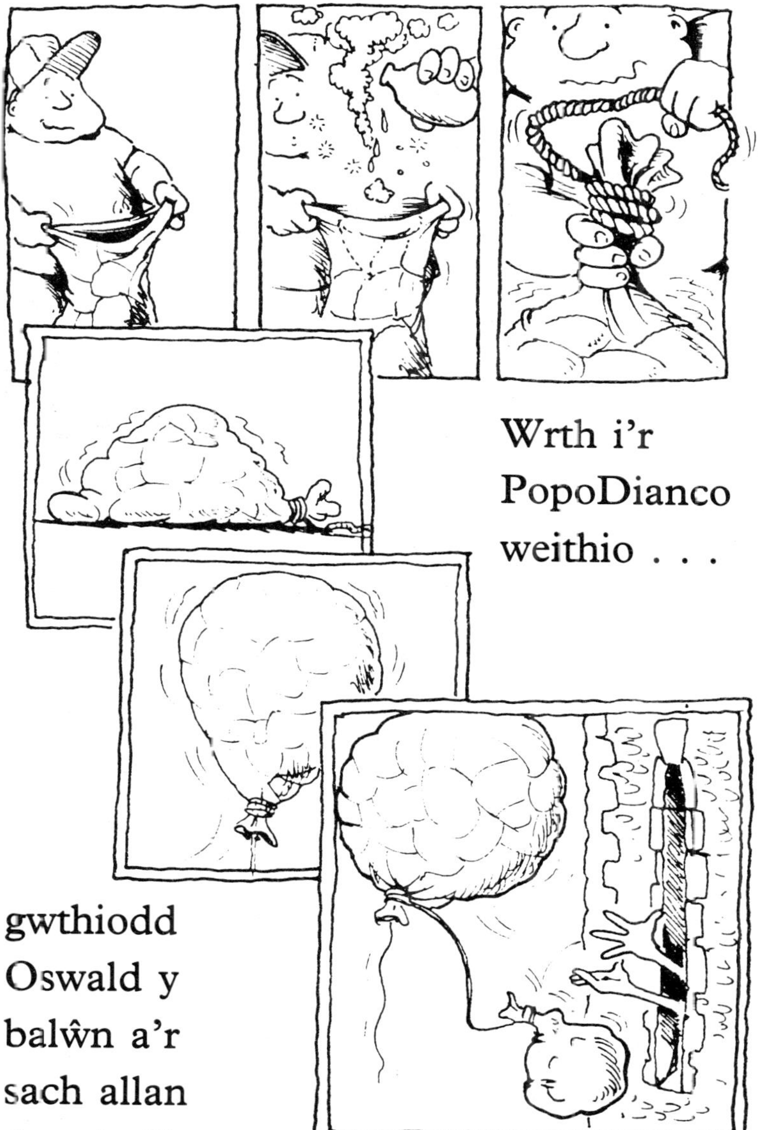

Wrth i'r
PopoDianco
weithio . . .

gwthiodd
Oswald y
balŵn a'r
sach allan
drwy'r ffenest
gul.

Ac o'i guddfan heglodd Vernon y Frân i afael yn y rhaff.

Gollyngodd Oswald ochenaid fawr iawn. Roedd newydd gyflawni trosedd y ganrif, a hynny mewn llai na thri munud a hanner.

Tra oedd y gemau yn balŵnio'u ffordd drwy awyr Llundain, y cwbl roedd yn rhaid iddo fo ac Eic ei wneud oedd cerdded allan; dau ymwelydd diniwed o America. Syml! Athrylithgar!

Y Nawfed Bennod

Roedd Eic hefyd yn syml, ond nid, mwya'r piti, yn athrylithgar! Ac roedd o'n sychedig. Gwaith chwyslyd oedd dwyn gemau brenhinol. Felly pan welodd y botel sbâr o PopoDianco meddyliodd, 'A! Y feri peth!'

Ond rhy hwyr. Roedd 'na

Swniai stumog Eic fel sustem gwres canolog ar fin ffrwydro.

Yna fe ddechreuodd

a

a

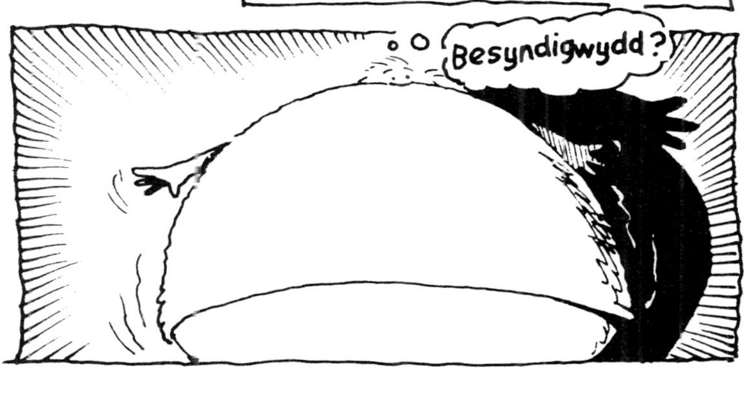

Yn ei ddychryn ceisiodd Oswald fartsio Eic am y drws.

Camgymeriad mawr iawn oedd hynny. Jyst wrth i Oswald gael Eic i'r man culaf yn ystafell y gemau, clywyd un blobl taranaidd ac fe aeth Eic yn hollol, hollol . . .

sownd.

Er gwthio,
a sgwthio

dyrnu a
chwyrnu,

baglu a
straffaglu,
doedd dim
modd ei
symud.

A doedd dim ots faint o wingo na gwthio, na stwyrian na strancio a wnâi Oswald. Allai o ddim mynd heibio i Eic Huw — y wal fyw!

Roedd Oswald yn

Dim ond un peth oedd ar ôl i'w wneud. Do, fe wnaeth Oswald hynny . . .

WAAAAAAAA
AAAAAAAAAA
AAAAAAA...!

Y Darn Olaf Ond Un

Arestio Eic oedd un o'r jobsys hawddaf gafodd yr heddlu erioed. Y cwbl y bu'n rhaid iddyn nhw ei wneud oedd eistedd ac yfed te i ddisgwyl i Eic leihau.

Y peth anoddaf oedd yfed te trwy eu masgiau nwy.

Dau ddiwrnod a 357 o baneidiau yn ddiweddarach, roedd Eic wedi dod yn ôl i'w faint arferol.

Arweiniwyd Eic ac Oswald i ffwrdd.

Y Darn Olaf

Eisteddai Oswald Bingly yn ei gell yn meddwl meddyliau du am gynnig arall ar ddianc. Yn y cyfamser, roedd Eic yn darllen llythyr oddi wrth ei fam.

Rheinws,
Llangell Bellaf

Annwyl Hogia,

Diolch am y gemau hyfryd anfonsoch chi i mi. Peidiwch â bod yn flin, ond doedd dim ohonyn nhw'n matsio 'nillad i, felly mi rois i nhw i Oxfam. Mi ddeudon nhw bod y polîs wedi bod yn chwilio am emau tebyg. Od 'tê? Wyddwn i ddim bod y polîs yn cael gwisgo jiwilri.

Sonis i am y peth wrth Vernon, eich cyfaill, ond am ryw reswm mi ddechreuodd grynu. Ffliodd i ffwrdd yn fuan wedyn. Dyna'r tro olaf i mi ei weld.
Mi aeth â choron hyfryd efo fo pan aeth o. I'w atgoffa fo ohonoch chi'ch dau, medda fo. Dyna i chi glên 'ntê?
Cariad,
Mami xx
Eu rhoi nhw i OXFAM!?

Fflapiodd Vernon ei ffordd draw i Dde America, lle priododd dwcan o'r enw Carmen oedd yn canu mewn clybiau nos.

Mae ganddyn nhw ddau o blant.

Yn ôl rhai, Vernon yw'r frân gyfoethocaf yn holl hanes y byd.